BOUQUET AU ROI

OU

LA RÉCONCILIATION GÉNÉRALE,

RÉPLIQUE EN VERS AUX AUTEURS DE LA VILLÉLIADE;

Par M. Blandeau,

Fils du Jurisconsulte de ce nom, à l'ancienne Cour des Aides de Montpellier; Avocat des ci-devant États de la province du Languedoc; Auteur d'une *Réplique à Monsieur le Vicomte de Chateaubriant sur sa première Lettre à un noble pair.*

A Paris,

CHEZ TOUS LES MARCHANDS DE NOUVEAUTÉS.

1827.

BOUQUET AU ROI

OU

LA RÉCONCILIATION GÉNÉRALE,

RÉPLIQUE EN VERS AUX AUTEURS DE LA VILLÉLIADE;

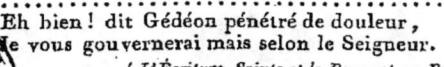

Fils du Jurisconsulte de ce nom, à l'ancienne Cour des Aides de Montpellier; Avocat des ci-devant États de la province du Languedoc; Auteur d'une *Réplique à Monsieur le Vicomte de Chateaubriant sur sa première Lettre à un noble pair.*

Le peuple d'Israël disait à Gédéon :
Soyez notre bon roi, car votre nation
A souffert des tyrans, les plus affreux supplices;
Nos enfans sont tous morts par leurs grands sacrifices.
. . . .
Eh bien ! dit Gédéon pénétré de douleur,
Je vous gouvernerai mais selon le Seigneur.
(*L'Écriture-Sainte et le Bouquet au Roi.*)

CHEZ TOUS LES MARCHANDS DE NOUVEAUTÉS.

1827.

A. PIHAN DELAFOREST,

IMPRIMEUR DE MONSIEUR LE DAUPHIN ET DE LA COUR DE CASSATION,
RUE DES NOYERS, N° 37.

Projet de Dédicace ;

A SA MAJESTÉ

CHARLES PHILIPPE DE BOURBON,

ROI DE FRANCE ET DE NAVARRE.

SIRE,

J'ai l'honneur d'offrir à votre Majesté un Ouvrage qui lui appartient; aurai-je pu le faire sans elle, n'est-ce pas vos vertus, Sire, votre sage gouvernement qui font fleurir de plus en plus en France, la justice, la liberté individuelle, l'union dans les familles, la paix et la piété? C'est ce qui vous mérite aujourd'hui les vœux unanimes de toute la nation pour la durée de votre règne. Agréez, Sire, ceux

que je fais en particulier pour votre conserva-
tion. Vous présentant ce Bouquet de roses,
mon esprit à fait tous ses efforts pour en ar-
racher les épines, mais il est possible que
vous en trouviez encore quelques-unes parmi
les fleurs; c'est pour ces épines-là que je ré-
clame votre extrême indulgence.

Je suis avec respect,

Sire,

De votre Majesté;

Le très humble, très obéissant et très
fidèle serviteur et sujet,

Blandeau.

BOUQUET AU ROI

OU

LA RÉCONCILIATION GÉNÉRALE.

ARGUMENT.

Des Députés de la nation et des riches banquiers de la capitale se réunissent aux grands dignitaires de la cour de CHARLES X. — Accueil très flatteur qu'ils reçoivent du Roi. — Récompenses d'honneur préférées par les Ministres aux récompenses d'argent. — Mots flatteurs du Roi au comte de Villèle, président du Conseil, sur son ministère. — Réception de l'ambassadeur de Nicolas Ier, empereur de toutes les Russies. — Discours de CHARLES X sur la prospérité de la France. — Le grand festin de la paix et de la réconciliation des partis — Prodige d'un soleil à la cour de CHARLES X. — Prodige de l'oiseau souverain. — Prodige d'un phénix et trait de bienfaisance du Roi. — Une pie sonne de la trompette. — Rossignols qui meurent à force de chanter. — Mots héroïques du Roi à deux maréchaux de France. — Un vieillard qui fut sujet de Louis XIV et se trouve aujourd'hui sujet de CHARLES X est présenté à la cour. — Heureuse répartie du Roi sur son âge. — Prairie diversifiée de fleurs. — Deux colombes apportent au Monarque des Français le lis et l'immortelle. — Hymne chantée par un Conseiller d'État en s'accompagnant sur sa lyre. — Triomphe du ministère dans ses nouveaux couplets. — Notes critiques sur le pamphlet de la Villéliade.

Tout veillait dans Paris, et le peuple et l'armée [1],
Quand au Palais Bourbon une foule assemblée,
Un peuple réjoui, désireux de la paix,
Par des chants immortels célébrait ce bienfait.
Reims a vu le Monarque aux rayons de sa gloire
De concert avec Dieu proclamer sa victoire,
Et le prêtre debout le sacrer sur l'autel,
Où la terre est toujours d'accord avec le Ciel.
L'héritier de vingt Rois, CHARLES X se présente,
Et de tous les Français remplit la grande attente.
Tout annonce au dehors que nos bons Magistrats
Veillent tous au bonheur des peuples, des États.
Nos Députés charmans, d'un esprit admirable [2],
Législateurs prudens, toujours sobres à table,
Se pressent près du Roi. Ravez à l'œil de feu,
Président plein d'honneur, porte son cordon bleu.

Puymaurin, Martignac, les Chabrol, pleins de zèle,
Valent bien deux auteurs fabricans de querelle.
« Civrac, Castelbajac, Camarsac, Solilhac,
« Suintenac, Marynhac, Clarac, Flaufac, Cressac,
Sont des hommes de bien, des pères de famille,
Chez qui toujours l'esprit et le bon sens pétille ;
Et faudra-t-il encor, pour choisir un beau nom,
Rappeler à Paris le Ministre C***** (1).
Non loin sont bien placés, Cardonnel, Pampelune,
Mortillet attentif, modeste à la tribune,
Desbassins, généreux pour sa fraternité ;
Anthès, très tempérant et tout plein de bonté,
Qui, par opinion, demande la clôture :

_____

(1) Ou faudrait-il revoir un Jean Bon à Mayence,
Afin qu'un calembourg divertisse la France ;
Ou bien pour rappeler d'Homère le talent,
A Troyes faut-il encor Bruslé pour intendant ?
Avoir un de ces noms que tout le monde ignore,
C'est à ce que je crois, n'en avoir point encore ;
Pour le rendre fameux, pour qu'il soit bien connu,
Dénoncez le pouvoir et nommez-vous Cottu.
Laissons à ce soldat, illustrant sa personne,
De prendre un autre nom pour usurper le trône ;

Le cœur des Députés ennoblit leur figure ;
Et l'on peut reconnaître, à des signes certains,
Qu'ils ont pour le pays les plus nobles desseins.
L'on voit des nobles Pairs, l'opulent Lapanouze,
Les Députés du Nord, au grand complet de douze,
Pardessus le flambeau de l'Ecole de Droit ;
Et tous ceux en un mot que chaque jour on voit
Honorer la patrie et, suivant l'occurrence,
Se taire ou déployer la plus grande éloquence.
Benjamin, Casimir et Sébastiani,
L'auteur Châteaubriant, nobles dans leur parti ;
Leur esprit libéral connaît celui du Trône [1] ;
La libéralité s'attache à la Couronne.

Car ce nom étranger, au peuple, à l'almanach,
Le plus riche des noms révèle le mic-mac.
Les vertus font le nom et pour qu'il soit sonore,
Il faut que les millions l'embellissent encore ;
Mais il faut que ce nom, perçant la nuit des temps,
Soit encor prononcé par nos derniers enfans ;
De la postérité tel sera le délire,
Que n'ayant point gardé notre superbe empire,
Ils trouveront un jour un Charlemagne heureux
Qui saura le reprendre et le *gardera mieux* ?

Après que Charles X eut comblé de faveurs
Ces hommes de mérite, il fit beaucoup d'honneurs
Aux conseillers d'Etat, le président en tête,
A chacun d'eux le Roi dit une chose honnête.
Au ministre Villèle : Et vous soyez heureux,
Comte, je suis content de vos soins généreux;
Je veux récompenser aujourd'hui votre zèle.
Vous, comtes Peyronnet, de Corbière et Villèle,
Louis, du haut des cieux en consacrant mes dons,
Vous transmet à tous trois l'honneur de ses cordons.
L'envoyé de Russie arrive et prend séance,
De Nicolas premier annonçant la puissance.
Le Roi s'exprime ainsi : « Nobles ambassadeurs,
« Alexandre premier, objet de nos douleurs,
« Est mort en cimentant la paix la plus durable;
« Triomphant à Paris par un trait admirable,
« Il rappela mon frère au trône des Bourbons;
« Ce retour désiré sauva les Nations. »
« Deux cent mille guerriers seraient réduits en poudre;
« Le retour des Bourbons arrêta cette foudre,
« Qui depuis si long-temps dévorait l'univers.
« Tous les Rois sont amis, il n'est plus de revers.

« Je jure le bonheur d'un peuple que j'adore,

« Je soutiendrai la Charte, et je la jure encore.

« Vous avez su gagner vos cordons et vos croix,

« Vos fils se souviendront qu'artisans de vos droits,

« Ils devront à leur tour soutenir mon Royaume ;

« CHARLES X n'a point peur d'un pétard, d'un fantôme ;

« Entouré des Français, de leurs nobles sujets,

« Le sommeil des Bourbons est un sommeil de paix.

« On ne renverse rien. La ligue turbulente

« Devant les tribunaux a toujours son attente.

« A la plaine Grenelle on voit des bataillons [4],

« Des bataillons de paix, faits au bruit des canons,

« Grenelle s'embellit d'une riante ville

« Que la Seine enrichit par son courant tranquille.

« Un pont est terminé. L'art procure aux humains,

« Au commerce français d'ingénieux moyens.

« Un port, une tranchée, et luttant contre l'onde,

« Un changement de lit la rendra plus féconde.

« Vous, Français fortunés, créez-vous des châteaux,

« Et devenez seigneurs sans dîmes ni vassaux ;

« Que le simple artisan, sans être tributaire,

« Vous prodiguant ses bras, trouve le nécessaire. »

Le Roi reçut de tous des complimens flatteurs.
Le Roi félicita tous les Ambassadeurs ;
Et plein d'aménité, plein d'esprit, de science,
Dans sa vivacité peignait son éloquence.
Et fier d'ennorgueillir toute la nation,
Il prononça ces mots touchant Napoléon :
« Les Rois de l'univers sont autour de mon Trône,
« Bonaparte isolé n'avait point de couronne. »
Le festin de la paix se fit en ce beau jour.
On vit les trois partis s'embrasser tour à tour.
Les dames par leur voix enchantaient les oreilles.
Le champagne versé dans des coupes vermeilles
Réchauffait les esprits, et l'aimable bon ton
Mettait nos étrangers dans l'admiration.
Les Députés de gauche oubliant leur querelle
Répétaient aux rivaux d'une voix fraternelle :
« A la France! à la gloire! au règne des Bourbons!
« A l'armée! au Dauphin! à toutes nations ! »
Et l'on vit en ce jour, bien digne d'allégresse,
CHARLES X s'écrier: « Aux Chrétiens de la Grè ce! »
Ce toast aussitôt n'eut qu'une seule voix.
Semblable à ce héros qui commande à la fois

La victoire et la paix, la trêve ou bien la guerre,
A la Grèce ! ne fut qu'un seul bruit de tonnerre.
Par un enchantement, à nul autre pareil,
Au-dessus du plafond apparut un soleil ;
Et par un transparent d'un procédé magique,
Dans le Palais des Rois triompha la physique.
Tous les cœurs enivrés de voir les nouveaux cieux,
Croyaient chez le Monarque être au couvert des Dieux.
Ce soleil apparut après trente ans d'orage ;
Il est le précurseur du règne le plus sage.
Que peuvent désirer aujourd'hui les Français ?
Leur fortune est acquise, ils sont sûrs de la paix.
Le phosphore du Ciel nous donne la lumière,
Celui de CHARLES X la rend plus salutaire.
Le Peuple d'Israël disait à Gédéon :
« Soyez *notre bon Roi*, car votre nation
« A souffert des tyrans les plus affreux supplices.
« Nos enfans sont tous morts par leurs grands sacrifices.
« Eh bien ! dit Gédéon pénétré de douleur,
« *Je vous gouvernerai, mais selon le Seigneur.* »
Rien ne fut plus brillant que la voûte azurée,
Où des oiseaux lancés formaient une nuée.

Ces oiseaux par Cuvier furent long-temps dressés.

Après leur premier vol, par l'instinct inspirés,

Sur toute l'assemblée allaient faire leurs poses,

Et des dames surtout ils béquetaient les roses.

Quand l'oiseau souverain, l'aigle de Jupiter[5],

Sur l'auguste Dauphin porta son regard fier,

Et du Trocadéro conservant la mémoire,

Voulut des fleurs de lis couvrir toute la gloire.

On vit le noble Duc l'attacher à son char,

Et décorer les lis du royal étendard.

D'un brillant écusson renforçant l'armoirie,

Sur les Trocadéro doit suivre son génie.

Mais les yeux sont fixés sur notre Souverain,

Lorsqu'on voit un phénix lui tomber sous la main.

CHARLES X admira de l'oiseau le plumage;

Flatté de son instinct, il lui tint ce langage:

« Phénix, tendre phénix, vous aimez vos enfans;

« Les Bourbons, comme vous, furent tous bienfaisans.

Le ministre du Roi, ministre secourable,

Apporte des placets, les pose sur la table;

Des pères de famille implorent des secours;

Pour nourrir leurs enfans ils souffrent tous les jours.

Les uns sont dans les fers pour des dettes sacrées,
Et les autres proscrits pleurent leurs destinées.
Le Roi, nouveau phénix, à tous ces malheureux,
Ouvre son cœur de père accomplisant leurs vœux;
Et l'on voit aussitôt les Princes, les Princesses
Faire aux incendiés les plus grandes largesses.
L'exemple d'un bon Roi porte dans tous les cœurs
Une flamme électrique atteignant les malheurs.
Les tendres rossignols, voltigeant sur les tables,
Embellirent ses traits par des chants admirables;
Animés l'un par l'autre, ils se rivalisaient;
A force de chanter, les plus zélés mouraient... [6]
Voyez deux maréchaux vieillis dans les tempêtes,
L'un pour la royauté, l'autre pour les conquêtes,
Prendre les mains du Roi, les porter sur leur cœur,
Et le Roi s'écrier : Ils battent pour l'honneur.
On conduit un vieillard bien plus que centenaire,
Depuis Louis XIV on le vit sur la terre.
CHARLES X le questionnne et lui dit : « Vieux ami,
Êtes-vous fortuné?...—Quoique rentier..., je vis...[7]
—« Parbleu! je le vois bien, répartit le Monarque;
« Le temps que vous vivez m'en donne bien la marque. »

Et toi, d'Hermopolis, par un sage à-propos,
Tu mis la croix du Ciel sur celle des héros. »
Une prairie de fleurs, le lis et l'immortelle,
Le lilas, le jasmin et la rose nouvelle,
Dressées avec art sur des biscuits très fins,
Furent pour les oiseaux meilleurs que ceux de Reims;
Conduite par Cuvier, cette troupe animée
Porta tous les biscuits au sein de l'assemblée,
En dirigeant les fleurs selon l'âge, le rang,
Les habits, la beauté, les vertus, le talent.
La bonne compagnie assistant à la fête,
On se passait les fleurs des vertus l'interprète;
Le Roi seul, qu'éclairait *l'astre des nations*,
Conserva *l'immortelle et le lis des Bourbons.*
Tous les ambassadeurs, par don de sympathie,
Reçurent les oiseaux rappelant leur patrie;
Un chœur, de beaux serins enchantaient tour à tour,
Et la variété triomphait en ce jour.
On fut fort étonné de la voix d'une pie [8]
Sonnant de la trompette avec toute harmonie.
Si du temps de Plutarque on cite un pareil trait,
La cour de CHARLES X nous rappela ce fait.

Mais ce qui fit jaser les dames assemblées,
Ce furent les oiseaux exprimant des pensées
Du sublime au badin : ce sont de grands forfaits.
Les dames de la cour prirent des perroquets,
Et nos bons députés, ardens pour leur patrie,
Se disputèrent tous pour emporter la pie.
Ah! que ce bon Cuvier connaissait les humains
Lorsqu'il fit amener tous ses oiseaux divins!
Du moins ses volatils ont un brillant ramage : -
Le cachelot-merry, ce squelette sauvage,
Est digne des auteurs au squelette bourgeois,
Dont l'art *savantissime* est la guerre de *Trois* [9] ;
Ce païen Palinure illustré par Homère,
Des rentiers d'aujourd'hui connut peu la misère.
Les cœurs électrisés par un concert brillant,
Ne cessaient de crier : *Vive le Roi régnant !*
Un Conseiller d'État du comte de Villèle,
Etant l'ami sincère et pour lui plein de zèle,
Outré que des auteurs dans la fange perdus,
Lui fissent réciter des couplets tout diffus,
Des couplets inouïs et dignes de la flamme,
A prononé ceux-ci du meilleur de son ame :

HYMNE

CHANTÉ PAR UN CONSEILLER D'ÉTAT EN S'AC-
COMPAGNANT SUR SA LYRE, AU GRAND FESTIN
DE LA RÉCONCILIATION GÉNÉRALE.

« Dans nos royales Tuileries,
« Voyez-vous ce vaste palais
« Et ces pompeuses galeries
« Où veillent des gardes français ?
« Que de fenêtres, que de salles,
« De cours, d'escaliers en spirales :
C'est le séjour de nos bons Rois,
Où, pour le bonheur de la France,
Le jeune HENRI, notre espérance,
D'Henri IV apprend les exploits.

2

HENRI V, d'une route aisée,
Fera luire dans tous les lieux
Une monarchie éclairée
Comme celle de ses aïeux ;
Il arrivera sans dédale,
Et sans la hache sépulcrale,
Vers nos fils couverts de lauriers;
Et loin d'avoir un règne atroce,
Il se gardera du carrosse
Des Ravaillac, des meurtriers.

⊷➣⊛⊰⊶

S'il survenait plainte frivole,
Petit écrit séditieux ,
Deux saints, avec leur auréole,
Le feraient juger par les dieux.
Saint Merry, par son ministère,
Parlerait au dieu populaire
Au nom de saint Barthélemy ;
Et l'on verrait nos deux apôtres
Monter au ciel avec les autres,
Pour fléchir les dieux endurcis.

Qu'un imprimeur et qu'un libraire,
Qu'un auteur et son grand aïeul,
Que son cousin, son secrétaire,
Son avocat et son filleul,
Par une crise industrielle,
Me présentent la kyrielle
De tous les noms Barthélemy;
Je ferme ce jour-là ma porte,
Et je proteste de la sorte
A n'ouvrir jamais un jeudi.

⊱⊰

Qu'un cardinal, qu'un gentilhomme
Viennent, par la grace de Dieu;
Pour administrer le royaume,
On peut penser à Richelieu :
Je ne vois point cette tutelle
Sous le ministre de Villèle;
Mais Sully, Mazarin, Colbert.
CHARLES X a l'âme pensante,
Par ses malheurs très clairvoyante,
. . . .
Tout marche avec lui de concert.

Aimez les trois, plus de querelle ;
Comme l'on aime un dieu de paix ;
Dans les trois voyons de Villèle ;
Les autres dieux sont au palais.
Qu'un dieu soit Roi, Dauphin, ministre ;
Nos trois dieux n'ont rien de sinistre ;
Ce sont des envoyés du Ciel :
Ils ne font qu'un dans le problème ;
Mais ils sont trois au diadème,
Suivant l'ordre de l'Eternel.

⊢→⊗←⊣

Si le soleil, sortant de l'onde,
Annonçait la chute des cieux ;
Nous pourrions voir la fin du monde
Dans ce désastre ténébreux.
Mais... resterait le ministère
Pour nous sortir de cette sphère
Qu'aurait annoncé l'horizon ;
Et les sauvés, dans leurs vertiges,
Bien loin d'avouer les prodiges,
Parlerait..... de sédition.

Nos libres vœux et nos lumières
Voulurent, pour notre bonheur,
Dresser d'éternelles barrières
Contre l'abusive faveur ;
Mais les passions déchaînées
Par les masses sont embrasées ;
Les masses troublent l'univers.
Rappelons-nous, pendant leur règne,
Qu'elles avaient sur leur enseigne,
Les cachots... la mort... les déserts.

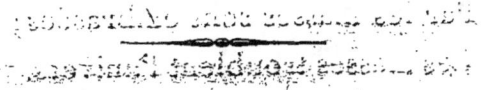

NOTES CRITIQUES

SUR LE PAMPHLET DE LA VILLÉLIADE

[1] Tout veillait dans Paris, et le peuple et l'armée.

Ces Messieurs ont dit :

Tout dormait dans Paris, etc.

Les auteurs de la Villéliade ne me sauront pas mauvais gré d'avoir donné un sens tout opposé à leurs vers ; il aurait bien mieux valu qu'ils ne fissent pas la prise du château de Rivoli, et que nous n'eussions pas le retour de la censure. N'avais-je pas dit en 1822, avant que ces Messieurs ne commençassent d'écrire, dans le chapitre III de mon *Empire du Tabac* :

> Le Président s'escrime à battre la sonnette,
> Ce son ne s'entend pas, il faudrait un trompette.

Et les auteurs de la Villéliade ont dit en 1826 :

> « Ravez ouvre la marche en guise de trompette,
> « L'éternel président fait sonner la sonnette.

Eh bien ! c'est justement ce *sonner la sonnette* qui

avait enfanté le projet de loi sur la police de la presse. Sonnez, Messieurs, sonnez la sonnette comme des mulets.

> ² Nos Députés charmans, d'un esprit admirable,
> Législateurs prudens, toujours sobres à table.

Les auteurs de la Villéliade ont dit :

> « Ces Députés ventrus à la faim indomptable,
> « Qui votent des budjets et.....

Il faut que les cinq syllabes supprimées portent avec elles un caractère de calomnie bien fort pour les avoir remplacées par des points synallagmatiques. Ils auraient dû agir de même lorsqu'ils ont assimilé *noble* avec *orgie*.

Noble peut-il ennoblir orgie, qui fut et sera toujours considérée comme exprimant un dérèglement dans les mœurs et dans l'économie animale.

Nous devons beaucoup approuver M. le comte de Villèle de représenter comme premier ministre du Roi, en réunissant chez lui ce qu'il y a d'hommes jouissant de la plus grande considération. L'argent que peuvent coûter ces repas se répand dans les marchés publics, et soutient les pauvres cultivateurs qui apportent à Paris leurs denrées à grands frais. Ces messieurs font dire aux convives de M. de Villèle :

> « Par tes pénates d'or, par ta rare éloquence,
> « Par ces riches banquets où tu manges la France,
> « Nous jurons...

Je ne crois pas que l'on puisse dire d'un ministre hon-

nête homme une absurdité plus grande, le libelle est ici
diffamatoire.

L'esprit tranchant de Voltaire ne doit pas servir de
modèle aux auteurs de ce siècle, et ces messieurs n'ont
pas réfléchis que Voltaire n'avait point blessé les convenances.

« Quand Terray nous mangeait.

Etait-il mort. Ce *quant* est très favorable aux senti-
mens de Voltaire, qui n'aurait peut-être pas osé, de son
vivant ou du temps de sa prospérité, dire de l'abbé
Terray :

« Que Terray nous mangeait.

Et l'on vit dans ce jour bien digne d'allégresse,
Charles X s'écrier aux chrétiens de la Grèce.

Ces Messieurs ont dit :

« Amis, craignez les Turcs jusques dans leurs présens,
« A ce Visir trompeur renvoyez ces besans.

Timeo Danaos et dona ferentes.

Ils ont traduit ce vers de Virgile comme des écoliers.

Les ministres sont ici des Turcs, parce que le Roi ne
veut pas sacrifier cent mille Français pour aller à l'école
du directoire en Égypte. En vérité, Messieurs, vous
êtes de mauvais poètes diplomatiques ; attendez donc
que les co-religionnaires des Grecs, les Russes, attaquent
la Turquie, avant de vous mêler de cette querelle ; vous
vous faites une très mauvaise idée des Turcs et des Egyp-
tiens, et vous devriez étudier l'histoire ottomane.

L'art des Poëtereaux n'est pas l'art de régner.

Sous Soliman II la coalition était générale contre la Turquie. La France seule fit diversion, et quatre cent mille hommes furent prêts à marcher contre les Allemands pour soutenir les Turcs, et dissuader Soliman de la paix avec l'empereur d'Autriche. C'était le cas de dire au ministère de ce temps-là :

« Amis, craignez les Turcs jusques dans leurs présens.

Mais aujourd'hui la France suit l'impulsion de l'Europe, et laisse la classe noble en Turquie se démêler avec la populace ; elle laisse les Français compatir aux malheurs des Grecs ; mais faut-il, après trente années de révolution, rallumer une autre guerre qui aurait pour résultat l'expédition de Saint-Domingue. A propos de Saint-Domingue, n'ayez pas peur qu'on nous parle de la bonne opération ministérielle. Vous ne savez pas qui a donné à ces Messieurs l'idée de cette mitraille dorée et turcomane? c'est la guerre d'Espagne.

« C'est ainsi que Villèle,
« Battait de son château le Castillan fidèle.

Heureusement que Mgr le Dauphin était à la tête de l'armée qui devait rendre à l'Espagne

« Son doux roi ,
« Ses moines , sa misère , et ses actes de foi.

Son doux Roi signifie prisonnier de Bonaparte, prisonnier des Cortès, délivré par les Bourbons.

M. le général Foy a démenti nos poètereaux dans la
séance du 28 juin 1824, et voici ce qu'il disait alors :

« Oui, Messieurs, je ne crains pas de le dire : si le
« Prince généralissime fût resté à Madrid, l'Espagne lui
« échappait. »

C'est donc le généralissime qui a tout fait, d'après l'a-
veu même d'un héros en politique, et non la mitraille
dorée, d'après les auteurs de la Villéliade.

Ces Messieurs doivent avoir fait le voyage de Mar-
seille à Toulon, car ils nous parlent sans cesse d'une
lourde machine, et ensuite ils nous disent que c'est un
fardier.

Fardier est un mot que les auteurs ont créé pour
leur poésie. L'Académie, qui ne transporte que l'esprit,
n'a pas encore pensé à ce mot-là ; mais il pourrait se
faire que, lorsqu'elle retouchera son budget académique,
elle y trouve un milliard ; alors elle pensera au *fardier,*
pour pouvoir le transporter sans risques et périls sur le
pont des Arts.

4 A la plaine Grenelle on voit des bataillons.

Ces vers font allusion au champ de bataille exploité par
les auteurs de la Villéliade.

⁵ Trône et couronne. Cette rime est indispensable dans le palais des Rois, et les règles de la poésie doivent plier devant la raison et les convenances.

⁶ Quand l'oiseau souverain, l'aigle de Jupiter,
Sur l'auguste Dauphin porta son regard fier.

Ces Messieurs nous disent dans la Villéliade :

« La terre tressaillit et l'oiseau souverain.

Ils avaient ménagé les éclairs et les coups de tonnerre pour le dénouement de leur mélodrame, qu'ils auraient dû intituler : *la Prise du Château - Trompette* ou *la Cracovilliade.*

Des signes éclatant au front des cieux écrits,
De ces pâles vainqueurs glacèrent les esprits.

Et quels sont ces signes éclatans ?... C'est l'oiseau souverain. Ils n'ont pas voulu dire l'aigle de Jupiter... Je les en remercie : car l'oiseau souverain me plaît infiniment, et joue le premier rôle de tous les oiseaux de ma replique.

La terre tressaillit ; on voit la croix d'or s'éclipser du Panthéon ; on voit les marbres sacrés de la place Vendôme... Moi, je vois les ministres survivre aux tremblemens de terre des auteurs de la Villéliade.

⁷ Animés l'un par l'autre ils se rivalisaient,
A force de chanter les plus zélés mouraient.

Aristote dit que les rossignols instruisent leurs petits à chanter, qu'ils y emploient du temps et du soin, et les rossignols sont si jaloux de leurs leçons de musique, qu'ils luttent, pour ainsi dire, de capacité, et se laissent mourir, la respiration leur manquant, plutôt que de céder la palme à leurs frères.

[8] Charles X le questionne et lui dit : vieux ami,
Êtes-vous fortuné?... Quoique rentier... je vis.

Ces Messieurs préconisent le suicide de leur Palinure. Les tableaux anatomiques qu'ils nous font, présentent l'aspect affreux de ces noyés qu'on trouve au bord de l'eau. Leur grand but était d'attirer la commisération publique sur le sort des rentiers.

[9] On fut fort étonné de la voie d'une pie
Sonnant de la trompette avec toute harmonie.

Michel Montaigne s'exprime ainsi en parlant de la pie à trompette.

Elle étoit en la boutique d'un barbier à Rome et « faisoit merveille de contrefaire avec la voix tout ce « qu'elle entendoit. Un jour il advint que certaines trom- « pettes s'arrêtèrent à sonner long-temps devant une bou- « tique. Depuis cela et tout le lendemain, voilà cette pie « pensive, muette et mélancolique; de quoi tout le monde « étoit émerveillé, et pensoit que les sons de ces trompettes « l'eût ainsi étourdie et étonnée, et qu'avec l'ouïe la

« voix se fût quant et quant éteinte ; mais on trouva
« enfin que c'étoit une étude profonde et une retraite
« en soi - même. Son esprit s'exercitoit et préparoit sa
« voix à représenter le son de ces trompettes, de manière
« que sa première voix, ce fut celle-là d'exprimer par-
« faitement leurs reprises ; leurs poses et leurs nuances,
« ayant quitté par ce nouvel apprentissage et pris dédain
« tout ce qu'elle savoit dire auparavant » Tout cela n'est-il
pas plus naturel que : Ravez ouvre la marche en guise de
trompette ?

Essai de Michel, seigneur de Montaigne,
chapitre XII, livre 2.

10 Est digne des auteurs au squelette bourgeois,
  Dont l'art savantissime est la guerre de trois.

Les sarcasmes contre le trois pour cent, la combinaison
la plus heureuse de ce siècle et cimentée par une loi, se
répètent souvent dans la Villéliade.

  « Rotchild à fait jaillir de mon cerveau pensant,
  « Sur les débris du cinq, l'illustre trois pour cent.

Les ombres désignaient M. le comte de Villèle.

          « Et disaient en passant,
  « Adieu, Villèle, adieu, j'ai pris du trois pour cent.
. . . .
  « Que veux-tu père du trois pour cinq ?

M. le comte de Villèle, pour séduire sa milice en convoitant le trésor des ligueurs, dit à ses soldats :

« S'il entre dans nos murs, mon cœur reconnaissant,
« A ceux qui l'ont porté promet le trois pour cent.

Les poètes ne se coalisent que pour être mondans, ce qui prouve que la réunion de deux auteurs ne peut enfanter qu'une parodie de l'ordre social ; et c'est ce que nous voyons tous les jours dans les vaudevilles de la rue de Chartres et des Variétés, où six auteurs à la file ne peuvent briller et mourir qu'à force de quolibets ou de ces grosses malices qu'applaudit toujours le petit peuple, les brouillards que produisent les miasmes atmosphériques sur la Seine, paraissent à mes auteurs des choses surnaturelles ; ils consultent l'Académie, qui nomme trois membres pour dresser procès-verbal, et les académiciens décident que ce sont des signes certains d'un volcan. Il me semble que le cratère de ce volcan serait mieux placé à Montmartre à côté des moulins à vent. Il est écrit sur des colonnes, aux approches du Vésuve :

« Je dévore qui m'approche
« Et j'épargne qui me craint.

Craignons les auteurs de la Villéliade, car ils nous menacent de l'éruption d'un volcan, voisin toujours incommode pour les propriétaires des maisons ; et si les nouveaux prophètes veulent faire subir à la capitale le sort malheureux de Pompeia, hâtons-nous d'intenter un procès à des sorciers qui jettent l'épouvante parmi les citoyens.

Nous sommes deux sortes de gens dans le monde, les auteurs et les lecteurs.

Les premiers, pour amuser les seconds, ne disent pas toujours ce qu'ils pensent, mais ils pensent à ce qu'ils doivent dire. Ils racontent pour fasciner les yeux du vulgaire des fables politiques, on se plaisent dans les fictions irreligieuses, et, comme M. le comte de Montlosier, supposent que les congrégations ne sont autre chose que les clubs de 95. C'est une vérité très grande que cette assertion. Que veulent faire les congrégations, suivant M. le comte de Montlosier ? renverser les Trônes et l'Autel. Qu'ont fait les clubs de 95 ? il ont renversé le Trône et l'Autel. Je n'aurais jamais cru Monseigneur l'Evêque d'Hermopolis, Grand-Maître de l'Université, coupable d'un pareil attentat contre l'Autel et la Couronne, lui qui doit tout à Louis XVIII et à Charles X. En vérité vous verrez bientôt que c'est Notre Saint Père le Pape qui est à la tête de la congrégation qui veut renverser le Trône et l'Autel.

Il existe une véritable congrégation qui veut renverser le Trône et l'Autel ; mais ces congréganistes n'attaquent que les ministres du Roi par une raison bien simple, c'est que nos lois ne permettent pas qu'on attaque ouvertement le Trône et l'Autel. Ceci doit être une vérité bien sentie, car je me pique d'être de bonne foi lorsque j'écris sur des matières évangéliques.

Il y a deux moyens d'attaquer le Trône et l'Autel.

Le premier moyen, c'est en donnant au Peuple des espérances chimériques et secrètes d'un changement de dynastie, et qu'un jour la Sainte Alliance se détachera avec un Roi de Rome. Dieu nous garde de *Romulus*. N'avons-nous pas assez éprouvé des vestiges de changement depuis l'aurore de la révolution jusqu'à son couchant.

Les hommes qui ont une conception hardie comme M. le comte de Montlosier, et qui ne veulent pas pardonner d'avoir été récemment congédiés après 25 ans de service, analysent le deuxième moyen avec une fécondité si séduisante, qu'ils finissent par avoir raison aux yeux de la tourbe; mais la tourbe n'a point d'opinion fixe, car vous la voyez applaudir aujourd'hui ce qu'elle sifflera demain, et si nous n'avions pas nos salles de spectacle pour satisfaire son penchant naturel, le domaine public serait obligé de donner tous les jours des représentations gratuites, de batailles, de fantasmagories, de controverses, de rétablir enfin les gladiateurs et les arènes de l'antiquité.

Zénon se chargea autrefois de la faute publique, et Pompée en sa fureur sauva les Mamertins. Eh bien! M. le comte de Villèle est aujourd'hui Zénon, d'après la fable des auteurs de la Villéliade.

« Et si des Lévantins le commerce a langui,

« En revanche, Messieurs, j'ai pris Missolonghie.

FIN DES NOTES CRITIQUES.

On souscrit à Paris, franc de port, chez l'Imprimeur, rue des Noyers, n° 37.

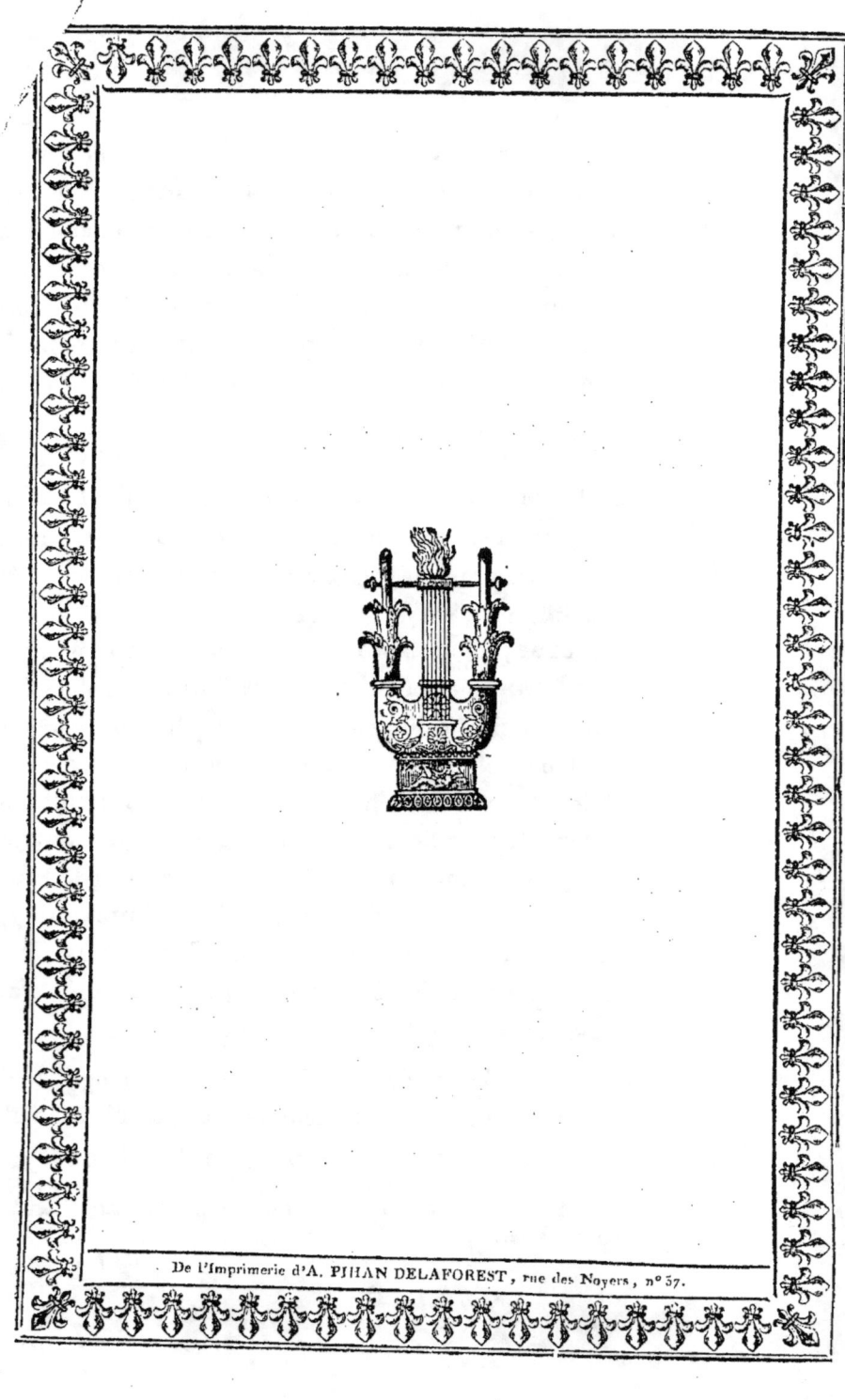

De l'Imprimerie d'A. PIHAN DELAFOREST, rue des Noyers, n° 57.